LA SICILE

ET LA

PRISE DE PALERME

ODES

DÉDIÉES AU GÉNÉRAL GARIBALDI

PAR

ADOLPHE GÉRARD

. Les plaintes des victimes finissent
tôt ou tard par être entendues.
(ANATOLE DE LA FORGE.)

AU PROFIT DE L'INDEPENDANCE ITALIENNE

Prix : 50 centimes.

PARIS

GAROUSSE, LIBRAIRE | CASTEL, LIBRAIRE
BOULEVARD BONNE-NOUVELLE, 10 | 21, PASSAGE DE L'OPÉRA
1860

LA SICILE

ET LA

PRISE DE PALERME

ODES

DÉDIÉES AU GÉNÉRAL GARIBALDI

PAR

ADOLPHE GÉRARD

Les plaintes des victimes finissent
tôt ou tard par être entendues.
(ANATOLE DE LA FORGE.)

———— ⚬❦⚬ ————

PARIS

GAROUSSE, LIBRAIRE | CASTEL, LIBRAIRE
BOULEVARD BONNE-NOUVELLE, 10 | 24, PASSAGE DE L'OPÉRA

1860

AU

GÉNÉRAL GARIBALDI

Qu'il me soit permis, Général, d'apporter mon obscur suffrage aux innombrables voix qui, de toutes parts, vous acclament. Tous les hommes qui, ne pouvant vous joindre, ressentent ces nobles impressions de l'impérissable justice, du droit des peuples, de législations en harmonie avec l'humanité, du milieu de leurs travaux suivent avec anxiété le drapeau libérateur que vous tenez si résolûment, comme le premier citoyen de notre époque! Ces hommes désintéressés, toujours prêts à se sacrifier pour la cause des martyrs, sont tellement nombreux dans notre belle France, qu'ils en forment la très-grande majorité; et j'espère bien, qu'un jour ou l'autre, ses plus dignes interprètes parleront au nom de l'unanimité française, toutes les fois qu'il s'agira de protéger et de faire respecter ces principes imprescriptibles qu'ont tous les peuples de s'appartenir et de se gouverner selon leurs aspirations progressives.

Que sont les vieux partis qui s'en vont, même les plus opiniâtres, devant cette puissante figure que représente la concorde conviant les humains à s'aimer mutuellement et à prospérer par le travail et la sagesse. Je m'adresse ici à la bonne foi de l'opinion publique : que sont-ils à côté de ces idées de régénération, dont l'unité est le symbole qui enthousiasme toute l'Italie, si ce n'est une résistance impossible, un passé qui ne peut se maintenir que par la compression et la dégradation de toute société ? C'est pourquoi, Général, vous avez toutes nos sympathies, votre cause est la nôtre, et, soit que nous la regardions avec la raison calme, immuable, soit que nous vous suivions avec la passion qu'émeut toute grande entreprise, notre confiance grandit avec les événements, et nous ne pouvons regarder l'avenir sans voir le succès d'une cause que je puis appeler la seule vraie, la seule juste, puisque seule elle peut accomplir des prodiges !

A vous, Général, la dédicace de ces Odes; acceptez-la comme un libre tribut de mes convictions, et que Dieu vous aide, vous et les généreux enfants qui vous accompagnent !

Veuillez agréer,

Général,

l'expression de toute mon admiration,

ADOLPHE GÉRARD.

Paris, 20 août 1860.

VIVE L'ITALIE

Entends–tu ces vivats dont l'Europe est remplie?...
Ce grand enthousiasme, à chacun de tes pas,
Quand tu vas en avant, sais–tu, jeune Italie,
Qu'il naquit en nos cœurs en d'immortels combats ?

Du haut de leurs sommets, les Alpes admirables
Voyaient nos légions par deux fois les franchir,
Par deux fois nos succès, foudres inaltérables,
Remplirent tes cités qu'on voulait affranchir.
Ces temps sont assez près des palmes africaines
Pour que nos vieux soldats en soient encore émus ;
Tout renaissait alors. Vertus républicaines,
Vous aviez dans vos rangs d'illustres parvenus !
Ils furent les premiers à parler de patrie,
A saluer tes champs par des faits glorieux ;
Et la France, à leurs noms, tout d'une voix te crie :
O peuple italien, tu seras radieux !

Tu brilleras encor par tes heureux génies ;
Mais il faudra combattre avec acharnement,
Il faudra te sauver de bien des calomnies,
Et n'avoir qu'un drapeau pour ton couronnement !

Naguère ils ont paru, ces enfants de la France,
Des Alpes au Tessin, puis à Solférino,
Ils se sont élancés, portant la délivrance,
Et leurs chants résonnaient au delà de l'Arno.
Quelle intrépidité dans l'Italie entière,
Quel accueil frénétique ! Et quels coups surprenants
Les ont accompagnés depuis votre frontière !
En deux mois, sur leurs fronts, quels exploits rayonnants !
C'est ainsi que la France appelle en souveraine
Les peuples opprimés qui recherchent sa voix :
Voilà sa mission. Le courant qui l'entraîne
Sait vaincre les écueils toujours comme autrefois !

Toujours ! sondez nos cœurs, de notre ardeur civique
Vous en ferez jaillir d'aussi fougueux transports,
Vous armerez de fer la phalange héroïque ;
Nous sommes héritiers des héros qui sont morts.
C'est à nous qu'appartient d'acclamer la nouvelle,
D'accuser à tous vents les échos du torrent ;
Au-dessus des clameurs, notre voix vous révèle
Ce qui ne peut mourir chez un peuple aussi grand ;
Et ces cris de nos cœurs : « Vive l'indépendance !
« Plus de trève, en avant ! la victoire est à vous ! »
Sont ceux de nos martyrs, ceux de la Providence,
Et ceux d'un noble amour s'exclamant à vos coups.

A vous, Italiens ! nos armes invincibles !
A vous la liberté qui fait des combattants !
L'union vous prépare à des luttes terribles ;
La vie est à ce prix. Qu'importe les autans ?
Donnez-nous des héros ; et qu'ils soient nos émules,
Vos fils régénérés. O Statut solennel,
Faites un pas de plus, et trouvez les formules
D'harmonie et de paix d'un siècle fraternel !

Septembre 1860.

LA SICILE

Parmi tes plus beaux ciels, ô Méditerranée !
Il en est un surtout fait pour charmer l'esprit ·
Un ciel des plus riants, paré toute l'année
D'orangers, de moissons qu'aucun vent ne flétrit;

Terre d'or et de feu, tes vaillants capitaines
T'ont donné l'aloès, les palmiers, les bambous;
Le papyrus du Nil ombrage tes fontaines;
Les vignes, les cactus sont abondants et doux !

Voir cet heureux climat, ces golfes, ces rivages,
C'est pleurer sur un peuple étrangement dupé;
C'est maudire à la fois la guerre et ses ravages,
Et les dominateurs qui l'ont trop occupé.

Regardez : ce pays, dont l'accès est facile
Au bonheur des humains, n'est qu'un vaste tombeau :
Sans parler de l'Etna, j'ai nommé la Sicile,
Où le deuil est si grand, où le ciel est si beau !

Je voulais étouffer ma douleur fraternelle,
Laisser l'homme au néant, dans l'opprobre couché,
Ne pas voir jusque-là, chanter la villanelle,
Mais le soleil d'un peuple avait enfin marché,

Loin des temps où les rois, prenant tout en partage,
Ne laissaient derrière eux que misère et malheurs ;
Des temps où la Sicile, avec gloire et courage,
Donnait ses blonds épis arrosés de ses pleurs ;

Où chaque ambitieux l'égorgeait sur sa route ;
Où les grands empereurs, les obscurs roitelets,
Venaient comme en champ clos l'épuiser goutte à goutte ;
Où s'armaient les prélats de croix et de stylets !

Et cependant encor, malgré la loi chrétienne,
La plaie horrible est là, toujours s'élargissant ;
Voyez torture et trône allant de Rome à Vienne,
Aux vils adulateurs porter l'odeur du sang.

— La torture, à cette heure ? — Oui, chrétiens, la torture,
Qui fait mentir le père aux cris des siens mourants ;
Qui déchire et qui brûle, et livre la nature,
Pantelante et meurtrie, aux mains de ses tyrans !

Pour l'orgueil d'un Bourbon, entourez-le d'infâmes ;
Faites les hommes bas, corrompus, avilis ;
Souillez tout sur la terre, et les corps et les âmes ;
Cachez bien la torture, elle eut ses fleurs-de-lis.

Cachez-la sous le sceptre et la mitre et l'épée ;
Faites la nuit bien noire autour d'un souterrain ;
Dorez les fruits amers ; que votre mélopée
Soit une loi d'amour ayant des voix d'airain.

Mettez dans la Sicile un cruel mercenaire,
Des sbires, des prisons aux ordres de la cour ;
Elle aura, savez-vous, votre loi sanguinaire,
Le mépris de l'Europe ! Et le peuple a son jour ...

Instrument d'un passé qui creusas tant d'abîmes,
Tellement monstrueux que la raison s'y perd ;
Du sol le plus propice aux semences sublimes,
Tombe enfin. Qu'à ta chute un trône soit offert !

J'accusais ce pays d'aimer la servitude !
Je disais : La nature a comblé de trésors
Cette île fortunée, et la décrépitude
Se lit sur les débris où s'ouvraient de grands ports ?

Je disais : Dieu, le maître, a fait nos destinées,
Cette île, ce volcan ! — Et ce peuple est le sien !
Que lui manque-t-il donc pour que les athénées
Couronnent sa valeur au front d'un citoyen ?

Pour qu'il renaisse et vive, attend-il des apôtres ?
Quelque sang généreux plein de science en Dieu ?
Peut-être. — Il est chrétien, et ses droits sont les nôtres.
L'Etna gronde, et sa base a des traces de feu !

Et j'entendis alors comme un bruit de tempête :
C'était l'embrasement d'un pays opprimé ;
Tout craquait... Le cachot laissait pendre à son faîte
Les fers du prisonnier, comme un glaive enflammé !

Juin 1860.

PALERME

De Messine à Palerme un cri patriotique
Répand l'alarme au loin. Ce courant héroïque
Retentit à Venise, à Florence, à Milan ;
Et partout l'unité donne le même élan.
Réveil inattendu ! La plus pauvre commune
Offre l'impôt du sang à défaut de fortune.

Ici c'est Brescia : dès les premiers dangers,
Toujours vous l'avez vu chasser les étrangers.
C'est Crémone et Pavie ; et plus loin c'est Ferrare ;
De Bologne à Turin résonne la fanfare.
Enfin, le port de Gêne a bientôt réuni
Ses valeureux enfants sous un drapeau béni.

Un mille à peine ! O ciel ! Ce n'est pas une armée,
Pourtant ils vont partir. Avec sa renommée,
Garibaldi commande, et, soudain, les voilà
Cinglant vers la Sicile, au port de Marsala.
Quelle ardeur dans leurs rangs ! Enfants de l'Italie,
Tous nos vœux sont pour vous. Que le ciel la délie !

Landi les attendait. Ce preux Napolitain,
Orgueilleux, menaçant, de son regard hautain
Croyant les foudroyer, préparait ses trophées;
Et déjà François deux, des royaux coryphées
De Calatafimi goûtant les faux rapports,
Comptait bien aux bourreaux confier ses transports.

Fol espoir, ô Bourbon! Sur les tiens, sur ta race,
Va fondre un ouragan dont le nom seul terrasse;
En vain tes vieux soldats sous des champions instruits,
Ayant forts et canons, par des quartiers détruits
Diront leur résistance; en vain par la mitraille
Tu crois réduire un peuple. Écoute la bataille :
Ta flotte est bien nombreuse et tes vaisseaux sont là;
Prends les ordres sanglants de ta camarilla;
Sème l'or et les croix; ordonne le carnage,
Frappe!... L'idée est loin qui grandit et surnage,
Tu ne l'atteindras pas sur tous les continents.
Plus redoutable alors, malgré tes lieutenants,
C'est elle qui s'avance en bonne compagnie;
C'en est fait de ton trône et de ta tyrannie.

Comprends-tu, roi superbe? Ils étaient mille au plus,
Les voilà centuplés; les tiens, irrésolus,
Barbares comme toi, par le fer et la flamme
Vont ravager cette île, et tu seras infâme;
Et vaincu, tôt ou tard, tremblant dans ton palais,
Tu chercheras en vain tes glorieux valets.

Or, tandis qu'à Parco, vers Piana, Monréale,
Tout semble anéanti; soudain la capitale,
La Palerme, enchaînée au joug d'un roi cruel,
Reprend force et courage et rend grâces au ciel!

Garibaldi paraît! Les siens couvrent les routes.

« En avant! s'écrie-t-il sous le feu des redoutes :

« C'est l'instant de venger vos frères et vos sœurs.

« Stocco, Bixio, Massa; volontaires, chasseurs,

« Carabiniers génois, compagnons de Varèse!

« En avant! à Palerme! enfoncez ce trapèze!

« Orsini, le canon ne répond qu'à demi,

« La charge! et corps à corps prenons notre ennemi. »

Il s'élance, intrépide. Ah! l'horrible mêlée!...

Ses braves l'ont suivi. Le canon par volée

Ravage ces héros; bon nombre sont mourants;

Qu'importe! Ils courent tous, ils ont serré les rangs.

Manin, le fils Manin voit l'ombre de son père;

Bravo! colonel Turr, la liberté prospère!

Ton sang est d'un Hongrois connu dans les combats.

Gloire à Garibaldi! guidant de tels soldats.

Vive Palerme, enfin! A ces mots, croît la foule :

C'est une irruption qui s'amasse et s'écoule.

Enfants, femmes, vieillards, tous les bras sont armés;

Tous les cœurs sont ardents, de vengeance affamés.

Voyez-les, sous la bombe, accourir pleins d'audace;

Le toit s'embrase et craque et tombe sur la place.

Rien ne peut retarder leur triomphe certain :

Ni remparts, ni boulets, ni fer napolitain,

Ni promesse ironique... — Il s'agit bien de grâce,

Quand la ville est en cendre et que la foudre y passe;

Quand le viol, le pillage, à vos brutalités

Ont mis le comble, hélas! quand pleurent les cités;

Que la ruine existe avec ses cicatrices;

Quand des haines du cœur les voix accusatrices

Poursuivent en tous lieux un roi plus qu'inhumain;

Royale ou non, qu'importe, arrière votre main!

— L'armistice? D'accord, si vous quittez la ville,

Mais non pour nous dicter que d'une voix servile

Nous allions jusqu'à dire à nos persécuteurs :
« Nous, chefs de la cité, nous, maîtres et vainqueurs,
« Humblement nous venons, voici notre supplique ;
« Daignez nous octroyer une faveur publique,
« C'est-à-dire une honte, un désaveu patent
« Du principe unitaire où tout noble cœur tend,
« L'oubli de nos martyrs ! Quand fument ces contrées,
« Quand nous voyons grandir nos forces concentrées ;
« Cela sous les canons des forts, des vaisseaux. »
Vos forts seront à nous. Sous peu, loin de ces eaux
Vos voiles porteront le deuil de vos armées :
D'hier nous combattons, je les vois décimées ;
Catane, Trapani vous chassent de leurs murs,
Chaque jour un succès fait nos succès futurs.
Et j'ai pour m'appuyer le clergé, la noblesse,
La province et la ville, et toute la jeunesse !
Oui, général Lanza, vaillant à tous égards,
Vos soldats sont les miens ; suivez nos étendards
Ou vous êtes perdu sans espoir de retraite,
Si je donne l'assaut que ma voix seule arrête.
De plus, j'attends Cosenz, des milliers d'adhérents ;
Entre autres, Medici, qui manquait à nos rangs.
Choisissez, général : votre honneur militaire
N'a rien à redouter, le canon peut se taire.
Un refus, c'est la mort d'Italiens nombreux,
Enfants du même sol et tous frères entre eux.
— Lanza, sentant faiblir sa froide obéissance,
Dit à Garibaldi : J'ai foi dans ma puissance ;
Aux armes, général, plus de pavillon blanc ! —

Le tocsin publia qu'on demandait du sang !

Le combat se rallume, il augmente en furie.
Piques, sabres, mousquets, au nom de la patrie,

Brandissent dans les airs le drapeau libéral :
Tout le peuple est sur pieds, fier de son général,
Et, poussant vers la mer les troupes ennemies,
Il voit brûler sa ville. Atroces infamies !
Car le sang coule à flots dans ce bombardement ;
Car le peuple est vainqueur, et seul il est clément ;
Il prend soin des blessés que sa victoire escorte.
Plus d'un, en criminel, incendia sa porte.
Oh ! voyez s'il est grand ! quand le sabre à la main,
Entouré de périls, il paraît surhumain !
Aussi de toutes parts des voix se font entendre,
Ce n'est plus qu'un seul cri : Soldats, il faut vous rendre ;
Votre tâche homicide a des morts pour témoins ;
L'incendie est partout... Vaincus sur tous les points,
Cédez, soutiens du trône ; aux bras de vos maîtresses
Il vous sied de porter vos impures caresses,
La rançon et le pain de ces infortunés,
Les joyaux teints du sang de ces corps calcinés !
Votre bannière a droit aux dépouilles opimes ;
Partez, fils de Caïn, vos hauts faits sont des crimes.

— O rois ! qui les armez, ces tigres rugissants,
N'avez-vous pas senti se troubler tous vos sens,
Chaque fois que tombait une ville éplorée ?
Cette gloire, ô puissants ! n'est qu'une œuvre abhorrée !
Celle qu'il faut atteindre, au faîte du pouvoir,
S'obtient spontanément par l'amour du devoir,
Par cet accueil vibrant de la voix populaire,
Œuvre de liberté, glorieuse, exemplaire !
Qui fait l'homme assez fort, assez grand, assez bon,
Pour aimer son semblable ou maudire un Bourbon.

Juillet 1860.

Paris, Imprimerie de L. TINTERLIN, rue Neuve-des-Bons-Enfants, 5.

POUR PARAITRE PROCHAINEMENT

DU MÊME AUTEUR :

EXPLORATIONS POÉTIQUES

UN VOLUME GRAND IN–8°.

Paris — Impr. L. Tinterlin et Cᵉ r. Neuve-des-Bons-Enfants, 3.